〔和權詩集〕

巴山夜雨・

讓回憶有了聲音

序

李怡樂

　　菲華著名詩人和權，不愧是菲律賓詩聖描轆逯斯文學獎（亦為「終身成就獎」）得主。二〇一二年榮獲這菲國最高文學獎之後，詩人沒有固步自封，仍筆耕不輟，力爭自我突破，追求詩藝的新高度。相繼出版了，《回音是詩》、《震落月色》、《霞光萬丈》、《千丈悲憫》、《和權詩三百》、《陪時間跳舞》和《落日是紅顏》等詩集。於其間，在臉書上，讀者每天都能欣賞到和權的新作品。千山暮雪總社專欄的《中國情詩精選》和權專輯，點擊量多次過千甚至高達三千。值得一提的是，《中國情詩精選》0358期和權情詩十首，被推薦到廣東省觸電新聞網上，點擊量直線上升，竟達一萬八千。這是各地讀者對和權詩作的喜愛和充分的肯定。非常難得！

　　如今，和權又精選出六百首新作，結集成《巴山夜雨‧讓回憶有了聲音》和《巴山夜雨‧每一滴都落在詩中》兩冊。其寫作速度之快，質量之高，令人望塵莫及。

　　和權詩思靈敏，想像奇妙，始終保持著自己特有的風格：文字淺顯，寓意深遠。

　　〈情詩十二行〉

　　生活
　　難免有風有雨

　　放晴時
　　我被忘記

下雨時
才被
想起

家啊國啊
我樂意
永遠
做妳放在牆角的
傘

對「家」，「傘」責無旁貸。
對「國」，「傘」匹夫有責。
「我樂意／永遠／做妳放在牆角的／傘」，這「我」是大我；
這「情」是純潔高尚的情。以傘為題的詩甚多，但把「傘」之情如
此「放大」，卻又這般低調，值得大聲叫「讚」。

〈釘子〉

每一次說
分離
就把愛釘得
更深下去

釘子啊
早已沒入心中
釘頭
都不見了

不用華麗的詞藻，只以小小的「釘子」，喻深深的愛情，很貼切地表達出，越是分離，輒愛得越深。「早已沒入心中」，已是愛得不能自拔了，形象之極。

〈微信電話〉

兩個小時
怎能訴盡長江大河般的
情愛。關閉了手機，哭聲
和笑聲猶響在耳際，直到
地老天荒

「直到地老天荒」的「情愛」，由「哭聲和笑聲」交織而成。讀起來，感覺新鮮且耐人尋味。

〈請進請進〉

這門
為你而開
別站在黑夜中
喝冷風

裡面
有一盞溫暖的
燈
叫做詩

　　有一張床
　　叫做愛

　　此「門」，是心房之門。「燈」，是通行的綠燈，詩意之燈。
已經為你敞開，別讓現實的「黑夜」「冷風」傷害「你」。「請進
請進」，接受這心房裡溫馨的「愛」。

　　和權的詩，與時下意象繁複「萬花筒」似的詩，截然不同。和
權從日常生活中普通的事物（傘、釘子、手機……等等），信手拈
來輒成詩，他善用借喻，簡潔明快，讀之如涼夜飄來茉莉花清香，
令賞詩者舒心會意一笑。

　　詩人的心胸充滿著愛，他憐憫社會上的弱勢群體。

　　〈豪雨〉

　　整夜　下大雨
　　好似辦喜事般
　　喧鬧
　　不休

　　知否
　　雨水呀
　　富貴人家
　　一夜歡樂
　　卻是千家愁
　　萬家憂呀

　　「整夜　下大雨」。同一個雨聲，詩人竟有兩種不同的感覺：一

種是富貴人家辦喜事般的歡樂聲；另一種是，豪雨聲如嚎哭，「千家愁／萬家憂呀」。讀者當可想像「破屋又遭連夜雨」的慘狀。

〈哭泣〉

也許
不做筆
就不知道
詩人有這麼多
感傷
世界有這麼多
苦難

半夜裡
筆
伏在稿紙上
哭泣

詩中，「筆」、「稿紙」都擬人化。與詩人結為知己搭檔。

歷經人生的種種苦難，目睹人心多變的社會現實，讓詩人「感傷」。詩人情緒的波動，筆感同身受，筆的「哭泣」，就是詩人的哭泣。「稿紙」給「筆」依靠，聆聽記錄「筆」的「哭泣」。「哭泣」，是有聲的詩，更是悲憫感人的詩。

和權從來不用豔詞麗句包裝自己的作品，他僅以樸素的文字，幽默的方式展現出自己的風格。讀者可以感受到，對親友詩人柔情似水；對邪惡，和權的詩是「與現實惡鬥時，刀劍碰撞出美麗的火花」（摘自〈嘯傲江湖〉）。

〈笑容〉

賑濟的物資是
一支
鑰匙

開啟了
貪官們的
笑容

　　此詩，和權別出心裁，以鑰匙喻賑濟物資。按常理，開啟的應
是災民們的笑容。可是出人意料，「開啟了／貪官們的／笑容」。
這短短幾個字，雖平白卻含蓄，對社會病態，是精準的一針見血。

人間的悲劇演不完　上蒼
忍不住哀傷的淚　每一滴
都落在我的詩中

　　　　　　　　　　　　　　　　（摘自〈小雨〉）

　　和權這種接地氣的詩作，讀者容易理解，也深受歡迎。詩人用
「心」創作的詩篇，讀者也必須用「心」去咀嚼，才能品出「言外
之意」的滋味，獲取真諦。

　　　　　　　　　　　　　　　　　　　　　2018年11月

雨夜中的愁緒
——和權《巴山夜雨》序

張遠謀

　　亞洲有三個沒有被殖民統治的國家：中國、日本、泰國，其餘國家在十九世紀以來，都難逃歐洲帝國殖民統治。當菲律賓民族英雄黎剎在刑場舉行婚禮，寫下絕命詩《永別了，我的祖國》後，菲律賓人覺醒了，爆發菲律賓革命脫離西班牙殖民統治至今已有兩百餘年。

　　菲律賓這千島之國自古長期處於帝國殖民的陰影，即使脫離西班牙長達三百多年政權統治，相繼又被美國、日本佔領直至二戰結束，獨立仍未百年，成為亞洲最具後殖民文化的國家。正因如此，菲華文學在他加祿語（Tagalog）、英語和西班牙語三大語境下，美學探討尚且處於表層，若都仰仗於海外華文世界，多少有點鞭長莫及，必須有賴菲律賓華人作家培養後進，深耕努力。

　　一個長期被不同帝國殖民統治的國家主體，文明的破壞與重生所產生的文化必然是彩色繽紛，但是我們對於後殖民文化的態度究竟是什麼？是台北市長柯文哲說「殖民越久越高級」的殖民主義進步論？還是德國媳婦文化部長龍應台所言「請用文明來說服我」的文明階段論？殖民地模擬西方殖民文化，按霍米・巴巴（Homi K. Bhabha）「狡詐的文明」觀點：所謂的後殖民論述是否又是一種新的帝國霸權思維？

　　以上種種質疑，只要我們用一個華文世界的框架來看待菲華文學，似乎就會煙消雲散。一如台灣文學，同樣使用中文創作，在我們身上流淌著共同的血液，同樣肩負著無法卸下的歷史包袱，貼近的素材、母題、民族情緒交互應用，一起主導華語文的美學、思想

進步，缺一不可。這些在菲國出生的詩人和權身上再清楚不過。

回憶、家國、信仰

> 君問歸期未有期，巴山夜雨漲秋池。
>
> 何當共剪西窗燭，卻話巴山夜雨時。
>
> ——李商隱〈夜雨寄北〉

　　和權要出第十八本詩集了，書名《巴山夜雨》取材自李商隱〈夜雨寄北〉。有趣的是，李商隱竟破格讓「巴山夜雨」在詩中出現兩次，說明「巴山夜雨」是何等美景。也許詩人以此書名就是效法李商隱，借景抒懷憶舊，或是作為一種懷思憂國的隱喻。

　　和權的詩集一貫承續集結他生命中孕吐的所思，像是一本本生活美學的記錄，他從不特別為什麼主義作詩，避談政治，只談山水，全是割拾不下的新作，隨想隨寫，少有雕啄。並且，這兩年詩人足跡踏遍星州、澳門、日本、香港、深圳、廣州，觸景生情所生出來的詩文，就算不作地誌詩，亦能涓流出如蘇東坡掌握空間現象的空間詩學。

　　和權的詩是純文學，研究和權的詩則是文學性。和權並非旅居海外的華人，而是菲籍華裔的僑民，所以，研讀和權的現代詩還是得在菲律賓的多元文化語境下來觀測，以圖發現華文種種被忽略的「延異」（différance）：

　　〈望明月〉

　　年輕時

　　癡望天上戀人甜美的

　　臉。你笑了

中年時
看到天際一張煩憂生活
的臉。你默默無言

白髮蒼蒼
遙見母親關愛慈祥的
臉。你熱淚盈眶

以〈望明月〉作為第一輯「柔美的觀音」起手式，時間在〈望明月〉緩緩而流，女性佔據詩人心頭最軟的地方，以明月作為象徵。從年輕到白髮，和權的時空體不斷變化著，由戀人到髮妻再到母親，清楚說明《巴山夜雨》的作者意圖，不妨歸納出「回憶、家國、信仰」三個重點。詩人和權大概是想將他的生活哲學淨獻於這套上、下冊的詩集中了，恍如春蠶吐絲，準備結繭。

從〈望明月〉的詩語言乍看之下與台灣現代詩的語境幾無差異，但與高語境地區的中國大陸就有些距離，原因在台灣和菲律賓都有過殖民色彩的歷史文化和多元文化語境的因素。像中國舊詩沒有跨句（enjambment），「斷句跨行」是英詩常見為了韻腳的修辭手法，而〈望明月〉三段都出現了語意未完的跨句：「癡望天上戀人甜美的／臉。你笑了」、「看到天際一張煩憂生活／的臉。你默默無言」、「遙見母親關愛慈祥的／臉。你熱淚盈眶」就是受了英美詩歌的影響。

〈煙台下雪了〉

外面下雪了
妳說

難怪
岷灣的陽光
照不暖心情

第二輯「紅泥小火爐」最被我器重的一首詩是埋伏在末尾的
〈煙台下雪了〉，此詩貌似平凡卻暗藏千言萬語。這首詩的語言雖
然很跳tone，卻有很大的小說情節在其中，最主要出現了康德的先
驗時空觀，或者巴赫金的時空體。敘述者躍然紙上，岷灣與煙台相
隔千萬里，煙台的飄雪竟能影響到終年無雪的岷灣心情，其中的
蹊蹺惹人遐思，同時揭開「紅泥小火爐」的意旨。但詩的多義性
（ambiguity）誰又能說詩人貪慕的不是一場雪景，或是國情的自
由？而那懸置的不可言說不僅撐起了一首詩，甚至成為一本詩集的
支點。

〈哈露哈露人生〉

冰淇淋下面是冰涼而
多彩的哈露哈露。宛如
美好的人生：親情友情
和愛情

誰說人生悲苦。有了哈露
哈露　　就不怕烈日煎熬了

《巴山夜雨》是第三輯「巴山夜雨」的同名詩集，足見第三輯
收錄了主題詩，有和權寫給生養他的千島之國的真情流露，還有和

權如夜雨一般無法停歇的點點回憶，在這場煙雨濛濛的回憶中，〈哈露哈露人生〉倏忽攫住我的目光，對正在鑽研實踐美學的我而言，就像是在路上「撿到槍」。

「哈露哈露」是千島之國聞名的冰品，而「哈露哈露」就是他加祿語的蹤跡（trace），是菲語，意謂各種水果滲雜在一起，五顏六色，加上冰，既好看又好吃。如不細察典故，我們會以為不過乃一品牌，而今成為商品流傳出去，字義就與字源的原始意義脫節了，留下如印記一般的蹤跡。再經詩人巧筆，「哈露哈露」又從商品延伸出人文主義的意義，幾番誤讀，便會在華文世界衍異不知多少意義，「哈露哈露」開始了意義的流放，在「返回本源」與「不再望向源頭」那裡徘徊，永無止境。

《巴山夜雨》的典故來自晚唐李商隱，以一場下不完的夜雨隱喻詩人停不住的思鄉愁緒，《巴山夜雨》是分上、下冊各收錄300餘首和權新作的詩集，讓我們能再度欣賞到和權如夜雨奔襲的詩思，更看見他的家國。當所有夜雨匯聚起來的時候，和權說「一下／就是千年」，並且從巴山下到岷灣「愁緒／仍在……」。

目次

輯一　柔美的觀音

輯二　紅泥小火爐

輯三　巴山夜雨

輯一　柔美的觀音

望明月

年輕時
癡望天上戀人甜美的
臉。你笑了

中年時
看到天際一張煩憂生活
的臉。你默默無言

白髮蒼蒼
遙見母親關愛慈祥的
臉。你熱淚盈眶

雪山

終於滿頭白雪了。藉此
告訴上蒼,人間亟需溫暖
的陽光

心啊心
它不就是熱烘烘的
太陽

岸

白了鬢眉
才自在從容
逐漸看到遠方的
岸

平安的岸
脫離悲欣的
岸，越來越
清晰。卻仍牽掛著
波濤的起伏
浪花的開謝

也牽掛著
海中，眾多
載浮載沉者

低眉的女子

「做一個
低眉塵世的女子
花開。隨喜。

花落。不悲。」
她輕嘆

何以
枕上如舒展的
荷葉，常見
珠淚

計算機

淚眼中
柔情蜜語中
笑聲中
甚至於詩中
到處都可以見到
計算機

計算名
計算利
計算情
計算愛
計算大好的
江山

文字畫家

暈燈輕聲說
其實，你手中握著
畫筆。用文字畫出
沒人理解的孤寂

畫出
夜裡紛飛的大雪
你披著霜，踽踽獨行於
雲山密林深處

畫出
一張笑出無限柔情的
臉，一對情意綿綿的
眼睛，一位冬夜裡燃著
愛之火爐，靜靜等人的
情婦

悠閒自得

紅塵滾滾　也好
車馬聲喧囂　也罷
你　依然是悠閒自在

讀書
出入古今

你用詩
在心中築起了一座
隱居的廬舍

追詩

　　　　　　　　──書案上擺著玉雕八駿馬，令人浮想聯翩。

八駿馬
撒開鐵蹄
飛奔。是否追著
詩？

追了一夜
依然追不到什麼
連一個貼切的意象
也追不到

才一閉眼
居然追到了小詩
一首

足球

返回母校
走在操場上
仿如雙腳盤弄著
足球　進攻
城門

恨不得
盤弄的
是人間的苦難
猛然　一腳
踢出天外
天

喜歡月亮

喜歡
月亮

既容許
山川啦河流啦

還有
洶湧的大海
映照它柔和的
光
也不拒絕
臭水溝
靜靜映照它的
清輝

蒙眼的布條

矗立了
一座緊抓著圍巾
雙眼被布條蒙住的
菲少女之銅像
矗立於海灣畔

象徵不平
和慰安婦之渴求
正義

猶如天下所有受害者
之渴求正義。敢問上蒼
什麼時候才能解下

她臉上的布條？
什麼時候？

註：日昨舉行菲國內首座二戰「慰安婦」銅像之揭幕儀式，以紀念二戰中被日軍強
　　征的約1000名「慰安婦」受害者。

暮鐘

筆
撞響了心中的
巨鐘

驚起群鳥
疾飛於暮色中
連山外客船上的
你　也打斷詩思
聽見
一聲聲的
悲愴

豪雨

整夜　下大雨
好似辦喜事般

喧鬧
不休

知否
雨水呀
富貴人家
一夜歡樂
卻是　千家愁
萬家憂呀

回憶的聲音

夜雨，讓回憶有了
聲音。彷彿訴說著
一段沒有結果的情愛

嬰兒的眼淚

是受了驚嚇
抑是感受到了
孤寂？

爸爸，輕輕為妳
拭淚，教妳無畏
無懼。媽媽也為妳
哼著好聽的歌

這趟人生之旅
處處都是
美善真。都是
愛

石雕：遺世獨立

之一

湖面靜寂。你不是
小舟上垂釣的蓑笠翁
而是對岸，陡峭懸崖上
一株迎風傲立的孤松
笑看人生風雲之變幻
無常

之二

慶幸不是迎風搖擺的
蘆葦。而是遺世昂揚

遺世絕俗的孤松。雖然
沒人知道，也自得自在

柔美的觀音

之一

贈妳，精雕的
白玉觀音。慈悲的
笑，將照亮妳的一生
一世

柔美的觀音，也會
說話。說人生的無常
說放下，說捨得
說因果，說不悲不喜
也說般若

般若是空性
般若是智慧心
般若是安逸
自如

之二

贈妳，慈悲的
觀音。早晚唸經

可以長保心中的
善念

憶起戀人時
也可以低眉，多唸
幾遍般若波羅蜜多
心經。弗論在天上
或在人間，詩人都會
聽見

一首耐讀的詩

詩
愈寫愈少了
人
卻愈來愈像一首
詩

靜坐是詩
獨立蒼茫是詩
連浪濤般的笑聲
也是詩

澎湃的詩情
全藏在
平靜雙眼的
後面

夜航

俯瞰下面
黑漆漆的世界
始知每一片月光
都是上蒼的
祝福

祝福　順著月光
平穩地降落地面
如抵境的客機

畫心

庭院裡
空無一人
三、兩隻雀鳥
啁啾啁啾

花朵
兀自吐芳
不為誰
盛開

如是我聞

用詩　不停地
洩出柔和的
光　撫慰
人間受創的心靈
不停地釋放
正能量

活著　你
月亮般地活著

大笑

一對對
情侶
又在黃昏的海邊

山盟
海誓

詩人抬頭
凝視著西天
一再地幻化的
雲霞
霍地站起身來
大笑而
去

池邊喝咖啡

喝完了
泡著黃昏的
咖啡。杯子
竟張著嘴巴
說：再添再添

既然已經品嚐過
人生的原汁原味
也就不必再添啦
一次
足矣

歌哭

飛出時間　飛出空間
微醺後　你變成了一對
翅膀。飛呀飛　卻飛不出
悲欣

人間百年

一覺醒來
神仙
竟不知人間百年
究竟有
多少殺戮
多少痛苦的
別離

閒事
與我何干？
打了一個呵欠
又繼續
做夢去了

落日・新月

新月
問入海的落日
對人間
有什麼看法

落日
愁苦著臉
以霞光在水面上
寫了兩個字：
殺戮

月亮嘻嘻笑：
「平安夜」
這首聖誕歌
很好聽

春夢・無痕跡

飛來煙台
牽手散步於
海灘。她笑問：

心中有多少
思念？

反問道：
海面上開放著
多少朵浪花？
海灘上有多少粒
潔白的細
沙？

宴罷歸來

只喝了
一點酒
腳步，便踉蹌起來了

不是酒
而是心中醞釀的
詩句，負載著
過於沉重的
情

異鄉

入晚。獨自走在人情的
寒風細雨中，並不覺得
冷。心裡，有詩散發著
熱能　就算大雪紛飛
也有暖意

詩癡

反覆推敲
終於完成了
一首詩
卻發現月光伏在
書檯上
偷窺新作

分明
你也是愛詩如癡

心境平靜

都說心境平靜
比吃什麼補藥還要
好

唉　不用掛慮
明天的支票
不用擔憂溫飽
就好了
不用懷念故人
不用憂思天下
就好了

泡茶

想
是茶葉
情是壺裡滾燙的
水

倘若
不溫不熱

怎能
讓茶葉
舒放
怎能泡出清甘的

好詩

海浪多情

假如晚霞　是妳的回眸
時光啊　將見證我內心
洶湧的浪濤　為妳　醉紅了千年

說法

不是天災
就是人禍
詩人
想聽一聽上蒼的
說法

啊月光下
一片落葉的
嘆息
就是祂的
說法

隱隱的疼

為何寫詩？
是為了在文學史上留下
一筆，抑或是為了身後
飄香？

哈哈大笑你說
親愛的
只想寫一首感人的
詩。讓許多人心悸
讓妳心裡隱隱的
疼

湖

看畫時，她說
湖泊老了，臉上滿是皺紋
哈哈笑我說：湖心依然年輕

黎剎的憂傷

站在銅像前
感受歷經傷痛的
民族英雄之心境
瞭解他全心全意的
愛。像一粒燈泡
驟然
亮了

照亮國家
照亮遭受壓制的小民
之命運。至今
他眼中仍有憂傷
那是英雄心中
流露出來的
社會的憂傷
以及歷史的憂傷

雪夜

冷
下了大雪

親愛。我來了
妳的火炬
妳的紅泥小火爐
來了

落雪

纖細的手
輕拂著你的亂髮
憐惜地撫觸著
風霜雕刻過的臉
她幽幽的嘆息：
終於來了
你是我前世的蝶
今生來相會
化為漫天飛舞的白
雪
落在眉間
落在心頭

深山隱居圖

窗外，晨鳥啁啾
內心詩意盎然
遂用文字，畫了一幅
深山隱居圖：

看！
柳蔭桃花之間
近處是盧舍
遠方有繚繞的雲霧
隱約見到高山峻嶺
似乎聽見涼涼的
流水

親愛，你正漫步於
詩人之心胸

天堂

庭園中
幾株蘭草綠的
芙蓉
仰望上蒼：

那是天堂，我的
家

地裡
根，無言
將大地抓得
更緊

情詩十二行

生活
難免有風有雨

放晴時
我被忘記
下雨時
才被
想起

家啊國啊
我樂意
永遠
做妳放在牆角的
傘

沒夢

半夜
被餓醒的人
沒夢

滿街
走動的行人
仍在做
夢

發光

閃爍閃爍
聖誕樹上
那一串燈飾
又壞了幾個
你感到悲傷：

凡是
發光的
都容易燒壞麼？

政客

一首詩
跟不同的人　說了
許多不一樣的
話

評論家
也有相異的
看法

詩人
卻說，連他自己
也說不清

一座山

說它
不夠巍峨
不夠雄偉
兼且有點傲
慢

大山
懶得爭辯
該危巖的　危巖
該峭壁的　峭壁

童兵

駁火時
孩子們身上的
彈孔　嘶聲地
叫
媽媽

媽媽
聽見了嗎？
聽見了嗎？

寫夜

月亮
睜著一隻
圓圓的大眼

離去之前
總在草地上
花葉間
留下哭泣的痕
跡

說給妳聽

診脈後
醫師說
你體內很熱　一團
火
不然就不會燒出
憤怒　不平
同情　憐憫
和那麼多好
詩

你站起來
對老醫師說
不要熄了烈
火

金句

「柔和的光芒
照亮了黑暗的世界」
大海對月亮
朗誦頌詩

月亮笑得十分
甜美。不知道
是太陽
在海面上留下的
金句

看到時間

弈棋時
他
突然問：
你見過時間嗎？

完了一局
我說：
閣下的影子
已從這邊

移到
那邊

一張紙

假如
你的內心是
一張紙
不妨用詩
畫一顆潔白的
月亮。讓紙張
變成無限大
的

宇宙

哭泣

也許
不做筆
就不知道
詩人有這麼多

感傷
世界有這麼多
苦難

半夜裡
筆
伏在稿紙上
哭泣

高度

客機
昇空不久
灰雲　就遮蔽了
下面的世界

高度　高度　高度
站在這樣的
高度
你還能看到
人間的
疾苦？

陪你路過這個世界

不孤單
不寂寞

美善真
是詩
詩是風姿婀娜
的她，陪你
走過這個
荒涼的
世界

雨聲淒淒

許諾
來生要再相會

那是妳嗎？
窗外
綠葉間
一朵深深
凝眸的
小紅花

傷口

坐在燈下
老婦人
用針線細緻地
縫補

突然
發出一聲落葉般的
嘆息。也許
她縫補不了
現實的

傷口

白雲的話

一朵白雲
俯視著人間
嘆道：
巍峨的山
潺潺的流水
青翠的大草原
還有裊裊昇起的

炊煙
簡直比天堂還要美
好

另一朵雲
也嘆道：
山後
有數不清的
墳墓

詩之醉

只喝了幾瓶
人不醉
吟唱的古詩
卻醉了

誰說
在詩歌中
你不知李長吉
李長吉不知你

今晚九度

天氣再冷
也冷不過人情
你卻將詩
寫成
一罈酒

能飲一杯無

幽怨的嘆息

「你是我
寂寞的一聲嘆息」

親愛　在嘆息中
隱約可見一座高山
峻嶺。該峭壁就峭壁
該懸崖就懸崖

峰頂人跡罕至
只有枝椏伸向天空
的孤樹。一片冷寂
卻是隱忍不發的
活火山

對影起舞成三人

仿古人　舉杯邀月亮共飲
卻聽見一聲幽幽的嘆息：
不會發光的　非吾族類者
請勿搔擾

噴泉人生

一落地
就摔得粉碎
噴泉　無畏
無懼。還是
每天在哪裡製造
高度

沒有高度
活著
幹麼

鋼筆

雖是一支筆　卻足以
丈量人間的苦難
和溫情

做一枚落葉

面臨
絕境
再過去就是深淵了

卻不知道
你是落葉
竟然輕飄飄
掉下去
尚在半空中聽見
潺潺
流水

驚豔

月光　探進窗來
赫見桌上擺著
精美的寶石
柔聲地　對詩人
訴情

有點不相信
月光喃喃自語：
不是說絕色
都深埋於地底？

檯燈笑了：
秋瑾啊
德蕾莎修女啊

白雲機場

機場裡
全是飄浮
流動的
白雲

直到
全都飄散了
明天
又換上新的
雲簇

人生啊人生

夜航有感

無星無月
機窗外
一片黑暗。仿如
歷史
埋葬著多少
冤案

天際
露出了曙光
歷史呢？

淚語

才接機
又要送別了

不感嘆
什麼人生匆匆
只讓　眼角
欲滴未滴的
淚　默默地
說

機場

不是迎來
就是送往
機場　閱盡了
人間的悲歡

它說：
知否
長長的跑道
已為人生下了
注解

速寫

茫茫人海。心啊
遇險的船隻，無畏
無懼，仍然奮戰於驚濤
駭浪

快樂的人

妳說自己
是快樂的人

那就帶妳
去看
霞光萬道的
落日
海灘上淩亂的
足跡
還有一飛沖天的
煙火

輕嘆一聲
妳說自己也會
感傷

刊出一首詩

被看多少次
就掏心與掏肺
多少次

舞秋風

滿地的落葉
沒有怨言。只是
隨風起舞
嘻哈笑

嬰兒的笑

笑了
連夢中也在
笑

笑爸爸皺著
眉頭
笑媽媽苦著
臉

笑
人們不知道
快樂是希望的
鑰匙

大城市

大廈高樓愈來愈多
沒房子住的人也
驟增

雷鳴

搖曳於風中
老樹
只是在向蒼天說
不！

不要天災
不要人禍
不要飢餓
不要每天都
流淚

一聲雷鳴：
無理的要求啊

聽鳥

清晨
坐在樹下聽
鳥

一隻說：
人走後
什麼也帶不去

另一隻
啁啾道：
錯！
詩人或將帶走
心中的
詩千首

秋景九行

經濟
蕭條猶如秋景
是以研製新型的
武器　大量販賣
軍火。給世界一個
機會

秋季過去
繁花競豔的日子
還會遠嗎？

海鮮炒米粉

「海鮮炒米粉
好吃嗎？」
妳說

餓了
就覺得好吃
唉！全球多少人
覺得是
令人垂涎的

美味
佳餚

奇怪的男人

從不流淚嗎？
永遠這麼冷漠嗎？

親愛
請翻開詩集
每一隻字
都是悲欣的
淚

合上詩集後
一股溫熱
沁入
心中

上天的淚

大地是
蒼天苦命的
孩子。千年的
戰亂，則是多舛的
命運

難怪上天
會時不時下點雨
為他的孩子，流下
不捨之
淚

黃昏時分

讓風箏
飛得更高
或許可以搬回一片
晚霞。放在詩中

機場送別

　　　　　　　　——你有你的，我有我的人生機場。

「一路平安，阿彌陀佛」
她低聲說

擁入懷中
拭去她的淚
什麼也不要說
晶瑩的淚
已是千言萬
語。詩人會記住
淚眼中的叮嚀
叮嚀中的淚眼

又是經典詩

月光
在湖面上寫詩
柳樹奉承道：
又是一首
經典之作

寒風
笑出聲來：
是不是經典
讓詩
自己說

忘我的境界

「要怎樣
進入忘我的境界？」
她問
哈！
一　枝筆
一　張紙
你
就進入忘我的
境界了

生命的春天

春天來了
你用喜悅
開出

滿山遍野的
花
用笑聲的妊紫
嫣紅
用詩的
縷縷清香
回報上蒼
的

恩典

發光體

寫到
白髮蒼蒼時
詩　就發光了

照不照亮黑暗
照不照見真理
照不照見
美與善
全看你用什麼樣
的
眼睛

商場美麗的小橋

「從橋上
走過去
病很快就好了」
媽媽輕撫著患癌的
小孩

病很快就好了
可媽媽為何眼角
含著淚花？

找到春天

小詩哪
一隻斑斕
翩翩飛舞的
蝴蝶
尾隨著它
就能找到芬芳的
花
就能找到

春天

瞭解紅石榴

望著
桌上的石榴
紅紅
鮮豔的
顏色
是你的
熱血

裡頭
數不清的種子
全是憂思
至於汁多
那是你對人間的
柔情了

一支紅燭

長長的一生啊
短短的蠟燭

雨夜裡
燃燒著憂思
照見千古的
寂寥

歲月匆匆

「不知為何
突然有點傷感」
她輕嘆

也許
你聽到聖誕老公公
駕著鹿車奔馳的聲音
她卻聽見
佛陀一步一蓮花
悄然
離去

無常

生病
是無常的提醒

親愛。妳說對了
也說錯了
無常奈何了肉身
卻奈何不了發出銅聲的
詩

最後一首詩

蒼老是
寫在臉上的最後一首
詩。至少，也要讓妳
眼角
含著淚花

千葉

蒼天　不聞不問
大樹　卻用所有的耳朵
在黑夜裡諦聽人間的
悲欣

哀叫

拿出小雞雞
孩童
向樹下的螞蟻
射出災禍
倉皇奔逃的
不就是哀叫連連的
難民

哀叫聲
號哭聲
可曾有人聽見？

青春美麗

照相機
老了
被拍攝的人
仍然
在相片裡年輕

時間老了
詩千首
仍然
在天地間青春
美麗

遠方的星子

暮年是
天際的一抹晚霞
逐漸消失時，你就
變成一顆遠方的
星子。擁有宏偉的
遼闊，以及壯麗無比
的
浩瀚

爾今
你自在自得
並安於暮年之
悄然蒞臨

回音

她是美麗的
大峽谷
你深入山中
呼喚她以一生的
柔情

回應你的是
淺淺
一笑

紅燈籠

天黑黑
燈籠卻亮著

親愛，這心裡
永遠懸著
妳回首一顧的
微笑

狼毫無言

李白的詩好
抑是杜甫的詩好

霞光萬丈好
還是遍照江山的
月光好？

心中的山峰

攀爬了一生　仍在半山腰

故鄉

遲早要回去
回去你所來自
的
天外天
故鄉

然後
日夜思念
你現在棲息
的
另一個
故鄉

月如霜

情愛
覆蓋的心啊
月光，柔和地
遍照大地

月光
如霜
卻不曾化霜
這顆心永遠不會
冰冷
永遠撞跳著
溫暖

水庫

思念
一連下了幾天的
雨
猶未停歇
這心頭的
水位
已升至溢出的
境域

無題

一步
踏出衰境

這肉身
囚禁不了詩行

藍色的星球

願你此生盡興
真誠善良

親愛，這一生
已然成為數十本
詩集。妳說吧
哪一首不真誠？
不善良，不具有
一夥撞跳的
慈悲心？

盡興了
這世界好玩，值得
再來

快樂無比

「願你所有快樂
無需假裝」
她有點感傷

吾愛啊
要裝，就裝可憐
惹妳疼
惹妳惜

這樣想

一滴水
被蒸發之前
仍在想
洗淨世界

女娃娃的祝福

別以為
人家才四個多月
就不知道歲月
如歌。說長不長
說短不短

雖然歌中有悲傷
還是要一唱
再唱。還是要唱出
歡欣

娃娃在此
祝福大家新年快樂
平平安安

光明

光明
永遠照耀著
人間

詩人說：
世上
哪有黑暗的地方

嘆了一口氣
又說：
炮火啊炮火

黑咖啡

香醇的咖啡
這樣說

如果　再喝
百杯千杯
還是不懂生命
那就別喝了
以免糟蹋
咖啡

歲末

燃放再多的鞭炮　也無用
驚嚇不了年獸。鞭炮聲猶如
轟炸聲　今夜　又將驚嚇
全世界？

無悔

「今年
比去年蒼老多了」

親愛，是否發現
詩中更加有血
有肉了。詩人必須
付出代價啊

連思念
遠方的人
也要付出一大筆
代價

失題四行

誰是
擰不緊的水龍頭
永在耳邊
千叮嚀萬叮嚀

青翠鮮綠

大山
不是與世無爭
而是歷經冬雪之後
依然如故地
熱愛
生活

心中這座聳立的
山　就是要青翠
就是要鮮綠

醉話不是醉話

才喝了幾杯
就嚷嚷
時光沒有飛逝

你在詩集中
發現它們藏匿的
地方

新年‧2018

昨夜
下了一場哀傷的
小雨

今早
推窗
陽光竟撲面而來
而鳥聲啁啾
都在祝福
新年
吉祥如意

叮噹叮叮噹
啊風鈴
也來祝福世界
大踏步
邁向安樂

乾杯

跨年夜　震耳的鞭炮聲
明顯比以前減少了。酒後
詩人疑是各地轟炸聲大減

家

家，在頂樓
這顆心
卻緊貼著地面

大狼毫

飽蘸憐憫
大狼毫
寫下了
詩千首

至今
每一個字
猶在
發光

生命的高度

淩絕頂
山下的景物
都變小了

連世上
紛紛擾擾之
事
也看輕了

就是忘不了
人間的飢腸

沉思五行

煙火燦爛，一如
新年新希望。黎明前
窗外，一枚落葉
卻令人陷入山林般的
寂靜

綠色的夢

在陽台上
剪掉盆栽裡的
枯葉

只留下綠色的
希望。當然
還會重新長出更多
綠色的
夢

長在陽台上
長在
心中

詩的顏色

詩
也有顏色嗎？

親愛　寫給妳的
詩　不是都有雲霞般
的光彩　不是每次
都亮麗了妳的眼睛
連心情
也變得紅紅
豔豔的

焰火

詩中
一朵美麗的
焰火
燒得
比烽火
久

無論
你在哪個年代
都能
看見

輯二　紅泥小火爐

群山默默

一年　一座山。翻越了
危巖峭壁　攀爬過數十座
大山　終於來到佛前　獻出
一朵微笑

時間之歌

匆匆忙忙地
奔流，深知自己
一去不回頭。時間
有點悲觀

卻一邊奔流
一邊潺潺地
唱歌。唱著
十分歡樂
之

歌

有感

向墳地
所有的墓碑致敬

沒有退縮
他們全勇敢地
戰死於生活的
沙場

笑臉

花
在呵護下
盛開了

三兩滴露珠
妝點出
歲月悠悠
生命的悲歡
和短暫

鞋子

詩啊　這雙鞋
踩過寂寞
憂鬱和悲傷
走出生活的
困境

惟
走不出情
走不出愛

彩筆

生命啊，這一支彩筆
重複地畫著歷史悲慘的
情節

畫面雖然相同，卻不忘畫出
人們臉上的笑，和堅毅的
眼神。也不忘畫出陽光
還有美麗的山河　那無限
遼闊的心胸

無題

微笑著
她說
戴什麼首飾好呢？

戴上愛心吧
將會彰顯妳的
優雅
使妳美如
燦星

競技場

看到影片
她一陣感嘆：
羅馬競技場
都變成
殘垣斷壁了

親愛的
別太感傷
現在競技場
到處都有

看吧：
醫院。學府
社團。寺廟
還有
詩文壇

夢

夢是
一張口
夜深人靜時才喊痛

照鏡子

從你的臉上　看到心頭的
積雪。雪有多厚　憂思有
多深　好在又聽見雪下的
聲音　一定有東西在萌芽

紅泥小火爐

大雪紛飛　妳內心卻無比
溫暖。倦於流浪的人　終會
回來　靜坐於情愛的火爐邊

失戀

傷口啊
人生方向的
指示牌

遊王城

古砲　已然鏽蝕
遠方的戰爭　還是
空氣般新鮮

笑容

賑濟的物資是
一支
鑰匙

開啟了
貪官們的
笑容

苦雨

貧富的差距
拉得比江河還
長

你，聽了一夜的
雨，入耳的
全是
不平聲

陽光公園

撿起
一片落葉的
嘆息
用歡樂的鳥聲
包起來
輕輕放在心裡

清晨
陽光照亮的世界
不宜
有感傷

想得美

憑著幾首詩
就想進入殿堂

想得美。不過
如果殿堂自己
找上門呢？

挑燈夜戰

夜戰江湖宵小
算什麼？

要戰，就挑燈
用這支鋒利的
筆
與時間廝殺三百
回合

霜滿天

思念是
雨雪。一夜之間
就白了三千煩惱絲

無畏

用一盞燈
挑戰遼闊的
黑夜。詩是心燈

游泳

小孫子問道：
阿公懂得游泳嗎

怎麼不懂
我天天在人海中
載浮載沉
也常在書海裡
游啊遊。游至唐
游至宋，遊至太平洋
之外

話未說完
已不見小孫子的
蹤影

鞋子的話

商店裡
一雙漂亮的皮鞋
吐露心聲：
生為鞋子

就不怕黏上塵埃
不怕鞋底磨損

果真磨損了
也要繼續
踏遍人間的不平
縱橫
天下

平等

「人間
有平等嗎？」
海鷗問
浪濤
譁然大笑：
蘑菇雲下
什麼都平等了

颱風又來

大水
沖毀了房屋
沖壞了田園
沖走了雞犬
沖掉了農作物
連那麼一點點希望
也沖得無影
無蹤

啊今次
颱風登陸時
或會沖掉
貧與苦
沖掉小鎮的
噩夢

多踢幾腳

前世是
魯智深

今生
竟想以筆代
腳。踢翻卑鄙
和邪惡

一腳踢不翻
那就多踢
幾腳

蕈類

才冒出來
就被摘掉了

大地嘆息
早就跟你說
不要
強出頭

珠淚

從多舛的命運中
汲取智慧與無比的
勇氣。今晚，你回首
前塵，這顆心似如閃爍
珠淚的荷葉

每一顆都是衷誠的
感恩

點燈

醫院裡
媽媽用眼神說的
話　點亮了
心中這一盞
燈

燈
堅持不熄滅
一直柔和地
亮到
今天

星語

遠天的星子
閃著
淚花

在對你說話呢
說
又有幼嬰
遭遺棄
在黑暗中
說
飢餓的哭聲
沒人
聽見

爆發

忍無可忍
今日
誓要打破沉默
拚盡全力
把腹中
積聚千年萬年的

忿怒
大聲地
吐露出來

火山
用沖天的熱漿
告訴世人
你們
太過份了

雞啼

希望啊
一聲嘹亮的
雞啼

喔喔喔
天際
終於大放光
芒

筆墨外

臨摹了數十年　終於活出
勁竹的神韻。也活出扳直
腰幹　迎戰風雨的心態

大雪

春天的陽光
全在夢裡。如果
你的心，依然大雪紛飛

神速

翻開
厚厚的相簿
看到一張
跟小兒子放風箏
再翻下去是
不久前
小孫子跟自己
在草坪上放風箏

你端詳著
無語

壞脾氣

大海　嘩嘩嘩
不知道說了什麼
天空　突然
風雲變色
下了一場暴
雨

雨過天晴後
大海
輕聲告訴礁岩：
老天爺
不長眼睛

遊魚

詩思是
一條美麗的

魚
優游於月光中

如果
你眼前一亮
那是詩思
剛好遊過
鱗片的
閃耀

硝煙味

她說：從未聞過
硝煙味。親愛的
翻開報紙，妳就聞到了

自助餐

竟然想起，全球
飢餓人口遽增的
問題。當你大吃大喝時

選舉

一片葉子，一張
選票。葉落紛紛
全投給春天

瀑布

句句屬實
傾訴的，全是人間的
苦難

孤兒院

來到孤兒院
看見散落一地的
悲情
你發現自我

步出孤兒院
望見行人的眼中
都在下雪
你發現世界

月兒彎彎

黑暗遼闊又怎樣？
詩在哪裡
就亮到哪裡

兩岸猿聲啼不住

十萬輕舟齊發　往臉書運送
心頭的陽光或月光　不許
運載　陰影

詩之畫像

臉上是靜謐的
海。眼鏡之後卻是
不平的捲天巨浪

感傷

似乎什麼也沒說
珠露
在天亮之前
其實
說了許許多多的
話

草葉聽見了
荷花聽見了
連小蟲
也聽見了
它們都有點感傷

跳舞

之一
思念
這一隻手
總愛伸出夢
外

去撫摸
妳的臉

總愛攬著妳的腰
輕盈地跳舞
跳回
青春年少

之二

花　不是飄零
而是輕快地
跳舞

跳舞是悟
悟是空是無
，
悟了
空了無了
原來
你也是一朵花
正在陪時間
跳舞

心之深處

天堂也好
地獄也好
早已築在她的心
之深處

將來
不管你去到哪裡
仍在
她的心中

冰淇淋

「生命短暫
吃甜點吧」
啊美好的
冰淇淋廣告

寫詩
戀愛
都是我喜愛的
冰淇淋
每一口，都要好好地
品嚐

飄雪

想在一片雪裡
靜靜地　待一會兒
……

親愛的　每一朵雪花
都是慈悲　覆蓋著心中的
焦土。紛飛的雪花　都是
佛語　讓你似有所思
似有所悟

無聲的擁抱

「一個無聲的擁抱
對一顆不快樂的心來說
就是千言萬語」
妳說

幾番輪迴之後
仍然感受到妳的
氣息

慈悲的觀音

詩集
與白玉觀音
消失不見了

一合眼
赫然，擺放在
心頭

岩漿流

撫摸著
這寬闊的胸襟
她說：如此的溫熱
裡面裝著什麼？

哈哈笑你說
火山岩漿
流向人間的
不平

時空隧道

通過詩，你看到
李白微醺的月亮
也聽見老杜的輕嘆

深愛

「除了深愛
一無所有」
原來，妳是那麼的
富足

如果
被深愛者
渾然不覺
不就是世上
最最貧窮的
人

唉我就是

素蘭

「愛人，無論走到
哪一步，都是愛人」
她流著淚

詩人啊
用你的溫情
和蜜意，而不是淚水
好好地
灌溉這朵散發著
清香
的素蘭吧

真理的味道

阿富汗首都
遭火箭彈襲擊

文明
一片火海
而真理
似有焦土的
味道

椰樹下

望著椰樹下恩愛的戀人
月亮　以柔和的光　告訴
大海：相聚　是為了分別。
浪濤譁然大笑：分別
是無窮的餘音

釘子

——給若。

每一次說
分離
就把愛釘得
更深下去

釘子啊
早已沒入心中
釘頭
都不見了

花落知多少

好詩
都像落花般
凋零了一地

剽竊者
是人
抑是時間？

巧遇李杜

走著走著
就踏進了長安城
李白　仍在轉角的
酒肆嗎？老杜
是否也在一傍
吟詩
賞月？

擔心的是
他們可能看不懂
新詩。不知晦澀之妙
遑論什麼高明的
技巧了

晚風吹拂

熄滅前
燭光，仍然執意要
照亮黑暗

聽琴

憂鬱是
一幅美麗的畫
一抹紅霞
豔麗於天際
而潔白的海灘上
妳坐在夕照中
輕輕地彈奏
鋼琴

入晚了
生命的琴音即將
停歇。惟深情
和愛，不會就此結束
啊晚風吹拂
卻吹不散心中的
憂鬱

傷口

筆啊
這心靈的傷口
涓涓流出的
不是血
就是淚

流啊流
直到不能呼吸了
才停止流出
憐憫

人生劇場

先演父親
後演慈祥的
祖父　最常演的
是大將軍
揮刀殺退現實的
侵襲

惟
殺不退歲月

也斬殺不了無常
僅能立馬山頭
於殘陽下
撫鬍大笑

石語

用汙泥中
舒展的花瓣　告訴你
善念　都會發芽

筆

這支短劍
血濺五步。它
操縱在你的手裡

有時候
是橫笛
淒美了夜
因為擁有你滿懷的
愁緒

淨土

一顆塵埃　十分
嚮往　一塵不染的
世界

拼圖

詩千首
只是一幅拼圖

拼一拼吧
或會拼出奴顏婢膝
或會拼出醜陋的
心　骯髒的靈魂
也可能
拼出憂思天下的
模樣

我的
僅能拼出幾聲哈哈
大笑

小雨

她說：
你的詩是濕的

人間的悲劇演不完　上蒼
忍不住哀傷的淚　每一滴
都落在我的詩中

瀑布

面臨深淵
毫無懼色
惟　現實
從背後猛力一推

哈哈哈

竟以為我
真會摔得粉碎

哀傷

涙眼婆娑　才清楚看到
菩薩的心中　果真有一朵
潔白的蓮花

精神永恆

時間不是永恆
空間也不是。而詩
是美、善、真
只有這種無形的力量
才是
永恆

註：唯有「精神永恆」（愛因斯坦）。

寫詩

日思
夜想
什麼時候

才能寫出一枚
震撼彈？

天崩地裂
赫然發現巨浪千丈
直到現在仍在震撼
人心

一驚而醒
原來是一場怪夢

山居

蟲聲似潮水般湧來
淹我於涼夜中
心情是濕的　思念也是

黑與白

白雪皚皚
覆蓋著社會之
山

什麼時候
才會融化。露出
烏黑的
本色？

唉！真希望
原來是
一片潔淨的
白

靜夜思

夜裡
只亮著一剪
思念的燈火

照見萬水千山之
外
一聲輕微的
嘆息

煙台下雪了

外面下雪了
妳說

難怪
岷灣的陽光
照不暖心情

輯三　巴山夜雨

新年八首

鄉愁的味道

年糕。紅包
舞龍。舞獅

唐人街的
年味
越來越濃了──
已經濃得
接近

鄉愁的味道

重甸甸的鄉愁

為沾染年味
為沾染春的氣息
你喜孜孜
來到唐人街──
有人買糕餅
有人買盆花
也有人選購柚子
啊新僑舊僑買的
全是

重甸甸
的

鄉愁

異鄉 · 過年

門的
左右邊
貼著美麗的
飾物

菲助理
問是什麼
笑答道；
一邊是牽腸
一邊是掛肚

過年

今晚
只品茶
不喝酒
滿桌的年味
已經濃到這種
程度
再灌幾杯

不是要人涕淚
縱橫　大聲唱著
荒腔走調的
歌嗎？

年夜飯

用紙鎮
把人生的苦難
全壓在稿紙後面
今夜　只啖美食
只享受歡聚的
笑聲
只體驗人生的
幸福

苦難愈多
幸福感
愈深

除夕

滿桌的佳餚
大大滿足了味蕾
一個飽嗝
卻讓你記起全世界
的饑腸

聽見
震天撼地的
轆轆

放鞭炮

驚天動地也無用　歲月
不怕嚇　照樣竊取你的
青春。惟　偷不了詩中
星子般閃耀的人性

日曆

掛在牆上　一本日曆說：
平安喜樂。又說：自求多
福──　回應以哈哈大笑：
詩人不是嚇大的

巴山夜雨

一下
就是千年

唏哩嘩啦
今晚，愁緒

仍在你的胸際
下個
不停

給妳

誰不活在
大雪紛飛中

縱然隔著萬水
千山，卻可以
互相取暖
頑強地活著

耳朵

樹上
所有青翠的葉子
都在傾聽
月亮那顆碩大的
淚

詩人的耳朵
卻整夜
傾聽著天地無聲的
對話。也在傾聽
內心的寧
靜

腳的感慨

雙腳
覺得軀體愈來愈重了

有了一點名　　重
有了一點錢　　重
有了一點學問　　重
有了社會地位　　重
有了煩惱憂愁　　重
有了思念牽掛　　重
有了悲天憫人　　重

爾今
舉步維艱　　踉蹌了

觸摸藍天

「我高大　美麗
伸出的手　幾乎
可以觸摸藍天」
嶺上的綠樹說

另一株
輕輕搖頭
世上
不只你這棵
樹

白沙灘

海潮　沖掉了所有足跡
僅留下　化作礁石的
詩

永生

白雪融化了　生命
融化得更快　卻人人
想做固體的冰

獨行

星月下　一個人走在路上
孤單寂寞　包袱
僅剩憂思天下

彎腰

兒子
跟小孫子說
做人
要像大樹一樣
永不向現實
低頭
彎腰

微笑著
我對小孫子
說
猶如柳樹般
彎得下腰
也不錯

架子

在圖書館裡
看到一個高大的
架子

心想，或許
架子是會增長的

不然
那位老詩人
怎會隨著年歲之增添
而架子
愈來愈大呢？

長短時間

翻一翻日曆
發現
時間有短有
長

長的是
機場送別後
的日子
短的是
妳回來探視雙親的
日子

哭出聲來

他們
再次提供軍火

躲在暗處
饑腸轆轆的
和平
哭出聲來

外面下大雪

──她說：還有幾天就立春了。

雪
儘管下吧

你用溫暖的
情　火熱的愛
緊緊　緊緊地
包住她
就不怕人情
冰冷了

就不怕
人間的大雪
紛飛了

江水

江水彎來
繞去
流往何處

微風說：
你也是江水
你　流向哪裡
時間
就流向哪裡

刺繡

女人
喜歡在肩上
或大腿內側
刺出一隻栩栩如生
美麗的
蝴蝶

上蒼也喜歡刺繡
用針樣的
大雨
連續三天
在大地上刺出
一片慘景
刺出一聲聲
淒厲的慘叫

字眼

不信　人生是
漫漫長夜
是以睜開詩中
每一隻眼睛
遲早
要看到天際第一道
曙光

冷凍笑容

落雪了
把妳的笑容
和癡視的眼神
都冷凍起來

好好地
冷凍於記憶中
來生
才容易
辨識

明月當空

咖啡
苦出生活的
原味

長夜漫漫
宜於細品
愈品愈清醒

朝陽醉了

風兒
在葉隙間
一再柔聲地
輕喚著
一個名字

聽了一夜
朝陽　醉了
露出羞赧的
紅暈

博愛座

不必讓座
內心，尚有
一個位子
叫做

無我

嚴冬

大雪　不會下得太久
體內的綠芽　安靜地
等待

彩虹

詩是
什麼？

親愛，那是
彩虹

有高境界的
詩，皆是身心
和大愛
化成的彩虹

註：據說，西藏高僧圓寂時，其肉身會化作一道彩虹。

白雪皚皚

之一

雪花
飄落
輕聲告訴你
路，會被掩蓋
日子，或會變得更冷
人情也是
一顆顆撞跳的
心，也是

輕聲告訴你
只有向愛
向愛取暖
才能生存下來

之二

人情冰冷
一如
霜雪

你卻堅持
在刺骨的寒風中
踏著
皚皚白雪
尋找豔紅的
梅

生日快樂

—— 給好兄弟一樂。

放下無明　猶如放下一塊
大石頭。你是一尊大佛
任煩惱像烈酒穿腸而過

閉一閉眼，什麼事也沒有
你是來施捨慈悲的。僅用
淡然一笑，換取人間的
快樂

追雪

出門賞詩　卻伸手救助
街頭的老丐　今後
寫詩的手　將更感性了

笑聲不斷

苦難，回報你以
一首詩。你回報以
響徹雲霄的
大笑

笑聲中
有綿延的青山
滔滔的江水
有峰上吠天的
狼，有孤月
還有無限遼闊的
星河

黃昏散步

人們的腳步
匆匆。你慢慢走
既不趕流行
也無意超越任何一顆
野心

你慢慢走。只想天天
在詩之花園裡踱步
悠悠閒閒
一步
一腳印

妳是我的詩

筆丟了
稿紙也用完了

詩　卻沒有離去
就像影子一樣
思緒一亮
就看到妳
在那裡

掩著嘴
笑

魚想

詩啊
海底世界的美景中
曲線玲瓏的魚，你
日夜思念的
溫柔的情人
迎面
遊來

美好的意象
被時光凍結了
凍結於一首奇思
異想的詩中

食養山房

燈光柔和
氣氛也佳

山房
沒有菜譜
不能選擇
出什麼
就吃什麼
好在
酸甜苦辣都宜於
細嚼
慢嚥

人生啊人生

無言

霧　心腸柔軟
每晚探視人間之後
都在草葉上留下珠淚

好漢

這碗藥有點苦　我愁著臉
她卻笑了　咱們天天喝比這
更苦的生活　你何曾皺眉頭

煙

大山後
似乎有煙昇起
那是什麼地方？

炊煙　就是天堂
硝煙　就是地獄

聽江河

江河　翻滾奔騰
想往哪裡？

閉眼
聆聽體內的江河
哦　宇宙大規律
在此運行
去遠了
又回到原點

吐詩

嘔吐
吐得你翻江
倒海

如果，習慣於人情
的冷暖
社會的病毒
以及人性的腐爛
也就不吐了

想吐
也只是吐吐
詩

綠島

執意要寫出一首綠油油的
詩。像草葉綠了綿延的
山　綠了你心中的島嶼

寧靜海評述：言簡意賅，儘管只有三言，詩之意借詩之象延伸猶如三十行，或者更甚。

踏青偶感

順著溪流走。九彎十八拐
比不上詩中的曲徑。遑論人
的心腸了

寧靜海評述：山、路對照心、腸，多麼貼切的借擬。

　　　　　　山路再險，也不及人心、人性之險。走路（踏青）可強健生理、放鬆
　　　　心理，在放鬆的狀態下，在必須放慢速度「九彎十八拐」的山路上，
　　　　慢慢釐清思緒，重新梳理。

紅太陽

愈來愈大膽。已是榮辱
不驚，獨怕心海中開不出
朵朵蓮花

也怕胸中這顆紅太陽
熄火

藍血月的話

客機
飛越馬容火山時

窗外，一輪橘紅色
的月亮
赫然升起
說：

火山爆發了
核爆
也快了
你們飛濺的
血
即將把我染成
這個模樣

註：1月31日，馬尼拉一架民航客機從一輪滿月前飛過。當天晚上，全球多個地方出
　　現「超級藍血月」。

生日

活到今天　感覺如何？
剛剛發現貼在臉書上的
詩　錯了一個字

伴侶

這首詩
似乎有點淺白
卻越讀越有味

思念

被時間的大海
淹沒了一夜。這礁石
一大早　就浮出水面
笑道　海水再多　也無用

檯燈這樣說

夜半醒來
偷聽了檯燈的
話：
筆是一根鐵釘
把千古的寂寞
釘在
稿紙上

又說：
寂寞
與人何干？

無語

上蒼　富有慈悲心
以一張白雪　覆蓋
凍僵的飢餓

千萬根蠟燭

她叫我親愛的
仿如用愛點燃了
蠟燭

看！黑暗中
一根明亮的蠟燭
又點燃了
千萬根。你說二中吧
美不美？
讚不讚？

雪地上

稿紙的
雪地上
留下幾行淺淺
的
印跡

詩思是
飄忽無蹤的
仙人

河邊散步

從頻頻彎腰的
柳樹　看到一些
詩人。又從河中浮現
的夜色　看到了一些人
的心。你笑了

它們從你的微笑中
是否也看到新月般柔和
的光

無題

導彈試射失敗
末能攔截目
標：

貪汙和腐敗

偶感

飛不高　姿態也不美
小麻雀譏笑老鷹
流水抱著礁石大笑

請進請進

這門
為你而開
別站在黑夜中
喝冷風

裡面
有一盞溫暖的
燈
叫做詩
有一張床
叫做愛

聳立雲霄

欣喜於建立了百層大樓
難以比擬的人生高度
站在頂端　可以摘星
心中卻悲落花猶似墜樓人

懷念

離去時
你　緊握著
這隻手

這隻手
寫了一首詩
百首詩千首詩

總覺得
每一個字
都有淡淡的
哀傷

煙雲

山後
煙雲
裊裊升起。妳問
那是什麼地方？

親愛的
炊煙，就是天堂
硝煙，就是地獄

急診室

之一

急診室啊　縮小的
世界。願你不是

亟待救治的呻吟
和哀號　而是忙於止血
的手

之二

一步登天
一步下地獄

哈！
欲往醫院的
生死界
先問問口袋
有沒有
花花綠綠的
通行證？

之三

——哀嚎，令人徹夜無眠。

一聲聲淒厲的
哀號，恰如峰上
的狼嚎。那麼撕心
裂肺，那麼孤單
無助

燈光是冰冷的
月光。伸不出一隻手
去撫慰床上苦難的
人。啊苦難的眾生

燈火歡欣

燈火
一盞盞地
亮了　歡欣叫
道：
感恩　給了我
發光發熱的
機會
感恩漫長的
黑夜

童年

童年是
鞦韆上盪來盪去的
快樂
是木馬上旋呀旋

的歡叫
是綁不好的鞋帶
是書包裡的連環畫
啊！是媽媽藏在背後的籐條

陰與晴

陽光普照
體內的天氣則時好
時壞　隨景氣變動

美國探親八首

飛往洛杉磯

滿城的繁華，不及
妹妹眼中閃爍的星光
燦亮。夜色深沉，不及
妹妹嘴角的笑意深

無須多言，一個擁抱
說明瞭一切。妳雖然
手部無力，未能再像

小時候那樣，替哥哥綁
鞋帶，大哥哥我仍會
牽著妳往前走。撐著親情
撐著關愛，為妳遮風擋雨

大賣場

即使這張卡，有刷不完的
金錢，買下了大山般的名牌
服飾，也購買不了當年的
悲欣，遑論買回童年了

天底下
豈有人能夠買回記憶中的
情景？

童年是綁鞋帶

每天上學前
妹妹都替我綁鞋帶

綁著綁著
竟連童年也緊緊地
綁住了

充電機

孩童時
妹妹是我的充電機
今日，哥哥願是
妳永遠的電源

陋屋裡的童年

童年，笑聲和哭聲都遷入
記憶中了。妹妹想回來就
回來，這扇門永遠為妳而
開

心的豪宅裡，有妳的臥室

客機昇空

小溪　止不住的淚
湖　滾落的一滴淚
海　吞進肚子裡
的

淚

飛機餐

吃了三頓飛機餐，吞嚥的
全是離情依依。這悲苦
不只是悲苦，連天下名廚
也製作不了

離別時

淚眼婆娑，不如相視一笑
青春熠熠燃盡了，卻留下
灰燼，盤旋於詩中，舞於
天地

楚霸王

殺聲四起
現實是追兵

下馬
彎弓搭箭
鳴響的是英雄
氣概，是不屈
不撓，是無比的
豪情

烏江前
一聲斷喝
留給千秋萬世

霸王獨酌

心事比湖海的波紋多
不必瞭解，也無需人懂

只把濃愁放在碗裡
讓心事渾濁給自己看

銅鑼

靜夜裡。你敲響
胸中的月亮

她嘴角掛著微笑
聽到了千山
萬水之外的相
思

流水潺潺

流水潺潺
叫住我：
喜歡嵐山
何不把它帶回去

好主意！
我將渡月橋　小舟
滿山的楓紅
以及如泣似訴的雨聲
——收入
詩中

詩的落葉

孤獨是盛宴
你樂於天天赴
宴。只是，偶爾
也想心如止水
默默地坐在角落裡
讓一枚詩的
落葉

在心中
輕輕

飄浮

燭光燦然

一首詩
一朵美麗的燭光

若是
照不亮世界
也要為黑暗的
心房
留點光
明

與花說話

一朵花
以淡淡的芬芳
問：詩人
今生滿足幸福嗎？

花啊花
我滿足於
晨光中展現的
美姿　滿足於人間
難得的緣份
和一場至誠至真的情
愛

嘯傲江湖

你是孤劍。與現實
惡鬥時，刀劍碰撞出
美麗的火花。叫做

詩

黃昏的海邊

霞光萬道
有什麼比它更美

微笑　望著女兒
在沙灘上放生小烏龜

一聲斷喝

每次觀賞落日，不是
憂鬱，就是傷心

黃昏才發現，它竟是
一聲斷喝：醒！

寫字人生

喚來小孫子，讓他寫了幾個
字。有點歪斜，有點拙

吾友驚嘆：兄台寫得一手
好字。藏鋒，大巧若拙

靜坐無語

想說的很多
卻常常拗不過沉默。。。

親愛的。沉默就好
每一句，都聽進心裡了

（請以溫暖的情懷，安然相伴。）

一炷香

一炷香
多少浪起浪落
多少花開花謝

一炷香
呼喚了幾千幾萬遍
媽媽

一炷香
來回了幾趟天上
人間

落日即景

懸掛於天際
金聖嘆的首級
說：

苟活為哪樁？

笑中有淚

詩三千啊　一聲淒厲的
狼嚎　一聲響徹雲霄的
大笑。內含：

豪氣的笑。冷笑。怒笑
嘲笑。鄙夷的笑。乾笑
溫馨的笑　還有至為深情的
笑

什麼是美？

什麼是美？
各種不同的藝術嗎？

你獨自來到白沙灘
黃昏時，坐在堤岸上
聆聽浪濤的聲音
望著天際的夕景
夜晚，窗外的蟲鳴
令你忘了娑婆世界

終於，你發覺自己似乎
消失了。變成第一道曙光
悠閒地照在海灘上，從容地
呼吸，一如緩緩起伏的波
浪。原來，你就是大自然
就是美

快樂是花

「快樂
是什麼啊」

吾愛。那是妳體內
綻放的花，每一朵
馨香，都在感受輕風的
撫慰，傳播美好的祝
福。那是妳前世種下的
因，在今生的生命中喜悅了
眾生

吾愛。用心聽，妳將聽見
令人感動的，奼紫嫣紅的
聲音。用心看，就看到了
人生繽紛的色彩

吟誦古詩

飛越時間，看到千年前的
孤獨。坐在西樓，她倚窗
望月，思念出征的良人

何曾看到千年後更大的孤獨

大悲手

是一顆怎樣柔軟的心
才有
如此憐惜的手

手，撫摸不到
就用悲憫的眼光
去觸摸 ——

親愛。妳的心也被
觸摸了，因而妳的臉
像晨光中，含著珠淚的
荷

什麼是經典

口說無憑
習武者，用拳
頭說。你用詩中的
一字一句說

喜悅

歷史是
分娩的慘叫

詩是
嬰兒的啼哭

傷痕

送妳月光石吊墜
有點瑕疵

親愛。請包容愛情的
不完美　生命的傷痕

時光的短巷

在短巷的盡頭
轉一個彎
今生
就不再見了

轉彎之後
仍有來生的路
要走。腳步
輕快也好
沉重也罷
就是不能停下來

也許　仍會攜手再走
一趟

青青草原

不為名為利
做人幹麼

詩人無言
答案全在草原裡

藍色月光石

月亮石閃著
柔和的藍光
猶如照片上的旗袍

一樣的顏色，也像妳的
憂鬱，藍藍的，藍藍的

親愛的。讓柔和的藍光
妳的悲欣，妳的情愛，及
略帶禪味的詩思，輕輕地
照著遠方的人吧

詩人願永遠沐浴於妳藍色的
光芒中

黃昏的地鐵站

飄泊異國
獨坐於地鐵站
才知道什麼是寒冷
什麼是前途茫茫
什麼是人間至大的孤
寂

沒有遍地黃金
沒有美麗的街景
甚至沒有一份工作
只有碎夢，以及至大
的落差

此時此刻
何以心中老是浮現溫暖的
家？

像葉子一樣飄泊

飄泊於風淒
雨冷的異國，還是
會看到溫暖的晨光

今天，找到了一個活
她坐在馳往農村的
車上

活著是有意義的，也有
至大的責任。她低下頭
泣聲叫道：媽媽，媽媽——

拭淚

假如
突然倒地不起

未嘗不是好事
詩人不帶走一沙一石
僅留下詩三千
和仰天的
長嘯

她流下眼淚：
經年以後，歲月老去
你若還一直陪伴，於我
便是最美的恩澤

微信電話

兩個小時
怎能訴盡長江大河般的
情愛。關閉了手機，哭聲
和笑聲猶響在耳際，直到
地老天荒

月光正好

「有時候，只想一個人
靜靜地待著，讓悲傷成為

享受。」月光正好，妳卻在
流淚

飄泊異鄉的人啊！別忘了
詩人，不要獨享妳的悲傷

月光正好。如果妳想隱身於
一滴淚珠，滾落到故鄉的
懷裡，那就來吧，這顆心
就是妳思念的故鄉

治癒傷痛

「溫暖，安靜，守望，執著，
懂得。我想要的你都有，
喧嘩處更珍惜你平靜默契的
包容與心疼。」
妳獨自坐在角落裡流著眼淚

遠方的人啊，我願是妳手上
轉動的唸珠，默默地守護、
聆聽妳的心音。我願是青青
的小草，隨妳流浪到天涯。
我願是詩，願是人間的大美，
治癒一切的傷痛

星光藍寶石

詩三千
化為閃光的寶石

或會消失於人海中
等著你。等著
多世輪迴的情人

愛是非常美好的

彩色的奧寶
阿卡紅珊瑚
閃爍著藍光的
月光石。她說
再多再珍貴的首飾
都不要

她說：每天都在祈禱
我只要眼前這一顆真心
只要一個有擔當　獨立
特行的人的健康　慈悲的
心腸和愛

她流著淚，一直流著淚──

徒增悵愁

「幾世輪迴，終是無休
無止。唯獨你，值此一生，
成為永恆」她說：想見面

親愛。歷經多少年，兩顆
行星，才會擦肩而過？

相見歡。惟，行星不因離別
而痛苦嗎？徒增悵愁罷了？
徒然給了離別一個機會？

幾世輪迴，終是無休
無止。這樣就好，這樣
就好？

和權寫作年表

一九六〇年代加入辛墾文藝社。努力於寫作及推動菲華詩運。

一九八〇年　詩作入選《中國情詩選》，常恩主編，青山山版社印行。

一九八五年　與林泉、月曲了、謝馨、吳天霽、珮瓊、陳默、蔡銘、白凌、王勇創立「千島詩社」。與林泉、月曲了掌編《千島詩刊》第一期至廿六期（共編二年半。不設「社長」位。和權負責組稿、審稿、撰寫「詩訊」、校對，以及對台、港、中、星、馬、美、加等地之詩刊的交流）。

一九八六年　擔任辛墾文藝社社長兼主編。

一九八六年　榮獲菲律賓王國棟文藝基金會「新詩獎」，評審委員：向明、辛鬱、趙天儀。

一九八六年　出版詩集《橘子的話》，非馬、向明、蕭蕭作序，台灣林白出版社刊行。

一九八六年　為菲華詩選《玫瑰與坦克》組稿，並撰〈菲華詩壇現況〉。張香華主編，林白出版社刊行。

一九八六年　詩作〈橘子的話〉，收入台灣爾雅版向陽主編的《七十五年詩選》一書。張默評語：結構單純，引喻明確，文字淺顯，但是卻道出了海外華僑共同普遍的心聲。

一九八六年　應邀擔任學群青年詩文獎評審委員。

一九八七年　英文版《亞洲週刊》（*Asia Week*），介紹和權的《橘子的話》，並附和權照片。

一九八七年　加入台灣「創世紀詩社」。

一九八七年　脫離「千島詩社」。與林泉、一樂等創立「菲華現代詩研究會」。主編研究會《萬象詩刊》廿年（每月借聯合日報刊出整版詩創作、詩評論等。從不停刊）。

一九八七年　《橘子的話》詩集榮獲台灣華僑救國聯合總會華文著述獎「新詩首獎」，除頒獎章獎金外，並頒獎狀。評語：寫出華僑的心聲及對祖國與先人的懷念，清新簡潔感人至深。

一九八七年　詩作〈拍照〉收入《小詩選讀》，張默編，台灣爾雅出版社出版。張默說：「和權善於經營小詩。『拍照』一詩語句短小而厚實，敘事清晰而俐落……其中滿布以退為進，亦虛亦實，似真似假的情境……有人以『自然美、純淨美、精短美、親切美、暢曉美』（姚學禮語）來稱許他，亦頗貼切。」

一九八七年　台灣《時報週刊‧七六九期》，刊出和權撰寫的〈獨行的旅人〉（作家談自己的書。我寫「你是否撫觸到衣襟上被親吻的痕跡」），並附和權照片。

一九八八年　與林泉、李怡樂（一樂）合著詩評集《論析現代詩》，香港銀河出版社刊行。同時編選《萬象詩選》。

一九八九年　二度蟬聯菲律賓王國棟文藝基金會「新詩獎」。評審委員：蓉子等。

一九八九年　獲菲華兒童文學研究會、林謝淑英文藝基金會童詩獎。

一九九〇年　大陸知名詩人柳易冰主編的詩選集《鄉愁——台灣與海外華人抒情詩選》（河北人民出版社），收入和權的詩〈紹興酒〉，又在大陸著名的《詩歌報》「詩帆高掛——海外華人抒情詩選萃」中介紹和權的生平與作品。

一九九一年　詩集《你是否撫觸到衣襟上被親吻的痕跡》出版，羅
　　　　　　門作序，華曄出版社。

一九九一年　榮獲台灣僑務委員會獎狀。評語：華僑作家陳和權先
　　　　　　生文采斐然，所作詩集反映時事對宣揚中華文化促
　　　　　　進中菲文化交流貢獻良多特頒此狀以資表揚。並頒
　　　　　　獎金。

一九九一年　詩評論〈迷人的光輝〉及〈試論羅門的週末旅途事
　　　　　　件〉二篇，收入《門羅天下》（當代名家論羅門）一
　　　　　　書，文史哲出版社。

一九九一年　小品文〈羅敏哥哥〉，收入台灣《中國時報·人間副
　　　　　　刊》溫馨專欄精選暢銷書《愛的小故事》，焦桐主
　　　　　　編，時報文化出版社。

一九九一年　獲中國全國新詩大賽「寶雞詩獎」。

一九九二年　詩集《落日藥丸》出版，菲律賓現代詩研究會出版發
　　　　　　行，列入「萬象叢書之四」。

一九九二年　大陸著名詩評家李元洛評論文章〈千島之國的桔香
　　　　　　——菲華詩人和權作品欣賞〉，收入李元洛著作《寫
　　　　　　給繆斯的情書》，北岳文藝社出版發行。

一九九二年　詩作〈落日藥丸〉，選入香港《奇詩怪傳》，張詩劍
　　　　　　主編，香港文學報社出版。

一九九二年　《落日藥丸》詩集，榮獲台灣「中興文藝獎」，除
　　　　　　頒第十六屆中興文藝獎章（新詩獎）壹枚外，並頒
　　　　　　獎金。

一九九三年　台灣文藝之窗「詩的小語」（張香華主持）於七月四
　　　　　　日警察廣播電台介紹和權生平，並播出和權的詩多
　　　　　　首：〈鞋〉、〈拍照〉、〈鈔票〉、〈我的女兒〉、
　　　　　　〈彩筆與詩集〉。

一九九三年　榮獲菲律賓中正學院校友會「優秀校友獎」。

一九九三年　台灣《文訊》月刊，刊出女詩人張香華的文章〈珍禽
　　　　　　──認識七年來的和權〉，並附和權照片。

一九九三年　童詩〈瀑布〉、〈我變成了一隻小貓〉、〈不公平的
　　　　　　媽媽〉、〈螢火蟲〉四首，收入「世界華文兒童文
　　　　　　學」（World Children Literature in Chinese）。中國太
　　　　　　原，希望出版社刊行。

一九九三年　詩作〈潮濕的鐘聲〉，榮獲台灣「新陸小詩獎」。作
　　　　　　家柏楊先生代為領獎。

一九九四年　詩作入選台灣《中國詩歌選》。

一九九四年　詩作多首入選南斯拉夫版《中國當代詩選》，張香
　　　　　　華編。

一九九五年　詩作〈橘子的話〉，選入《新詩三百首》（一九一
　　　　　　七～一九九五。集海內外新詩人二二四家，三三六首
　　　　　　詩作於一書。大學現代詩課堂上採作教材）。張默、
　　　　　　蕭蕭編，九歌出版社刊行。

一九九五年　於聯合日報以筆名「禾木」撰寫專欄「海闊天空」
　　　　　　至今。

一九九五年　二度榮獲菲律賓中正學院校友會「優秀校友獎」。

一九九五年　詩作多首入選羅馬尼亞版《中國當代詩選》，張香
　　　　　　華編。

一九九五年　大陸評論家陳賢茂、吳奕錡撰寫〈談和權〉，收入評
　　　　　　述菲華文學的史書。

一九九六年　台灣《時報週刊‧九五九期》，大篇幅刊出和權的詩
　　　　　　〈除夕‧煙花──給妻〉（選自詩集《落日藥丸》），
　　　　　　附謝岳勳之彩色攝影，及模特兒蔡美優之演出。

一九九六年　應邀擔任菲華兒童文學學會主辦第一屆菲華兒童作文

比賽評審委員。獲贈感謝狀。

一九九七年　台灣《時報週刊‧九八五期》，大篇幅刊出和權的
　　　　　　詩《印泥》，附黃建昌之彩色攝影，及影星何如芸之
　　　　　　演出。

一九九七年　五四文藝節文總於自由大廈舉辦慶祝晚會，多名女作
　　　　　　家朗誦和權長詩〈狼毫今何在〉（朗誦者：黃珍玲、
　　　　　　小華、范鳴英、九華等人）。

一九九七～一九九九年　應邀擔任菲律賓僑中學院總分校中小學生
　　　　　　作文比賽之評審委員。獲贈感謝狀。

二〇〇〇年　《和權文集》出版，雲鶴主編，中國鷺江出版社出版
　　　　　　發行。附錄邵德懷、李元洛、劉華、姚學禮、林泉、
　　　　　　吳新宇、周柴評論文章。

二〇〇〇～二〇〇一年　再度應邀擔任菲律賓僑中學院總分校學生
　　　　　　作文比賽之評審委員。獲贈感謝狀。

二〇〇六年　詩作〈葉子〉，收入台灣《情趣小詩選》，向明主
　　　　　　編，聯經出版社刊行。

二〇〇八年　大陸評論家汪義生撰寫〈華夏文脈的尋根者──和權
　　　　　　和他的《橘子的話》〉，收入他的評論集《走出王彬
　　　　　　街》。

二〇一〇年　《創世紀詩雜誌‧第一六二期》，刊出和權的詩創作
　　　　　　〈從「象牙」到「掌中日月」十首〉，並刊出二〇〇
　　　　　　九年十二月廿九日，攜一對子女訪台時，與創世紀老
　　　　　　友多人在台北三軍軍官俱樂部雅集之照片。

二〇一〇年　台灣《文訊‧二九二期》，刊出和權於二〇〇九年
　　　　　　十二月三十一日，與多位創世紀詩社同仁拜訪文訊雜
　　　　　　誌社（封德屏總編輯親自接待。大家一同參訪文訊資
　　　　　　料中心書庫，並在現場留影）之照片。該期介紹和權

生平及作品。

二〇一〇年　台灣《文訊・二九四期》，刊出和權詩兩首〈砲彈與嘴巴〉及〈集郵〉。附彩色攝影照片，十分精美。

二〇一〇年　於聯合日報社會版「海闊天空」闢「詩之葉」，致力提昇詩量詩質，影響社會風氣。

二〇一〇年　台灣《文訊・二九七期》再度刊出和權的詩二首〈咖啡〉與〈黑咖啡〉。附彩色攝影照片，至為精美。

二〇一〇年　詩集《我忍不住大笑》出版，楊宗翰主編，台灣秀威文化公司刊行（列入「菲律賓・華文風」叢書之十）。

二〇一〇年　《和權詩文集》出版，陳瓊華主編，菲律賓王國棟文藝基金會刊行（列入叢書之十）。

二〇一〇年　九月，詩作〈熱水瓶〉收錄南一書局出版之中學國文輔助教材《基測綜合題本》。

二〇一〇年　詩集《隱約的鳥聲》出版，楊宗翰主編，台灣秀威資訊科技股份有限公司製作發行（列入「菲律賓・華文風」叢書之十九）。該書剛出版，國立台灣大學圖書館即購一冊。記錄號碼：B3723139。

二〇一〇年　〈獨飲〉一詩刊於《文訊》。附彩色攝影照片，很是精美。

二〇一一年　詩作多首譯成韓文，刊於韓國重量級詩刊。

二〇一一年　詩二首〈筵席上〉與〈礁〉，收入蕭蕭主編之《二〇一〇年台灣詩選》，亦即《年度詩選》一書。

二〇一一年　詩作〈橘子的話〉收入《漢語新詩鑑賞》，傅天虹主編。

二〇一一年　〈大地震之後〉一詩刊《文訊》。附彩色攝影照片，極為精美。

二〇一一年　詩作〈鐘〉又被台灣康熹文化（專門製作教科書、參考書的出版社）選入教材，亦即用於《高分策略——國文》。

二〇一一年　中、英、菲三語詩集《眼中的燈》出版，菲律賓華裔青年聯合會刊行。

二〇一二年　詩集《回音是詩》出版，楊宗翰主編，台灣秀威資訊科技股份有限公司製作發行（列入「菲律賓・華文風」叢書之廿一）。

二〇一二年　獲菲律賓作家聯盟（UMPIL）頒詩聖描轆杳斯文學獎GAWAD RAMBANSANG ALAGAD NI BALAGTAS，該獎為菲國最高文學獎，亦為「終身成就獎」。

二〇一二年　三語詩集《眼中的燈》之菲譯版（由施華謹先生翻譯），在年度甄選的最佳國家圖書獎（National Book Awards）中入圍，該獎是菲國榮譽最高的圖書獎每年被提名的由各主要出版社出版的優秀書籍多達幾百本，能夠入圍的卻僅有數本。

二〇一二年　三語詩集《眼中的燈》除在菲國兩家主要書店National Book Store和Power Books，上架出售外，也在菲國數間大學被當作翻譯課本使用。

二〇一二年　詩評集《華文現代詩鑑賞》，與林泉、李怡樂合著出版，台灣秀威資訊科技股份有限公司製作發行，列入新銳文叢之十九。

二〇一二年　受聘為菲律賓「第一屆亞洲華文青年文藝營」之顧問。

二〇一三年　馬尼拉計順市華校，擇取和權詩作〈殘障三題〉等，訓練學生朗讀。

二〇一三年　二月十六日，華校學生在此間愛心基金會朗讀和權的作品〈樹根與鮮鮑〉、〈和平之城〉、〈殘障三

題〉。

二〇一三年　台灣某校高二課程有現代詩，侯建州老師把和權的作品拿出來分享討論。

二〇一四年　詩集《震落月色》出版，台灣秀威資訊科技股份有限公司製作發行，列入秀詩人01。

二〇一四年　和權的詩五篇〈漂鳥〉、〈在畫廊〉、〈住址〉、〈即景〉、〈一尾詩〉選入聯合新聞網udn閱讀藝文〈獨立作家詩選〉──選自《震落月色》詩集。

二〇一四年　和權詩集《我忍不住大笑》、《隱約的鳥聲》、《回音是詩》、《震落月色》、《眼中的燈》（三語詩集）、《華文現代詩鑑賞》等著作，入藏北京「中國現代文學館」。

二〇一四年　詩集《霞光萬丈》出版，台灣秀威資訊科技股份有限公司製作發行，列入秀詩人03。

二〇一四年　和權的詩〈金錢草〉選入台灣名詩人張默傾力編成的第三部小詩選《小詩‧隨身帖》。

二〇一四年　十月，《創世紀》創刊一甲子，《文訊雜誌》特別展出創世紀一八〇期詩刊封面，以及四十七位創世紀同仁風格獨具的詩手稿。和權的小詩手稿〈殘障三題〉，與他的照片和簡介一同展出。（地點：台北市紀州庵文學森林。日期：十月九日至十月廿六日）

二〇一五年　詩集「悲憫千丈」出版，台灣秀威資訊科技股份有限公司製作發行，列為讀詩人64。

二〇一五年　中國劇作家協會文學部主辦「華語詩人」大展（八五），推出和權（菲律賓）詩作二十二首。

二〇一六年　「唯美詩歌學會」推薦唯美菲籍華裔著名詩人和權詩作八首（附輕音樂）

二〇一六年　東南亞華語詩人作品選《三》，推薦和權詩作〈橘子的話〉、〈找不到花〉。

二〇一六年　台灣畢仙蓉老師朗讀和權詩作八首。字正腔圓且充滿感情的朗誦，令人一而再聆聽。

二〇一六年　中國萬象文化傳媒詩人，推薦和權的詩十二首。

二〇一六年　榮獲中國八仙詩社擂台賽「一等獎」，亦即第一名（全國各地三十多位知名詩人參賽）。

二〇一六年　台灣這一代詩歌社與資深青商總會合辦「吟遊台灣詩詞大賞」活動。榮獲詩獎。

二〇一六年　台灣2016年度詩選《給靈》，收入和權的詩4首〈畫夢〉、〈撐開的傘〉、〈一張照片〉、〈一抹彩霞〉。

二〇一七年　應邀為中國丐幫「華韻杯」詩賽評委。

二〇一七年　應聘為「中華漢詩聯盟」顧問。

二〇一七年　中國《蓼城詩刊》第18期，短詩聯盟推薦和權的詩八首，亦即〈新年八首〉。

二〇一七年　「中華漢詩聯盟」多次為和權製作個人專輯，刊出詩多首。

二〇一七年　台灣《給靈：新詩報2016年度詩選》，收入和權的詩四首：1.畫夢、2.撐開的傘、3.一張照片、4.一抹彩霞。

二〇一七年　中國周末詩會337期，刊出和權的詩多首。

二〇一七年　中國《詩歌經典2017》出版（經銷：全國新華書店）。收入和權的詩2首〈小喝幾杯〉、〈勁竹〉。附詩人簡歷及觀點。

二〇一七～二〇一八年　《中華漢詩聯盟》、《長衫詩人》、《短詩原創聯盟》等，多次刊發〈和權小詩專輯〉，搏得讚譽。

二〇一七年　《台灣詩學截句選300首》，收入和權的詩4首〈弦外

之音〉、〈情愛〉、〈紅泥小火爐〉、〈失戀〉。

二〇一八年　《中國情詩精選》多次刊發、朗誦和權的詩（點擊率
　　　　　　過千）。好評如潮。

二〇一八年　中國《短詩原創聯盟》舉辦「和權盃小詩大賽」。參
　　　　　　賽者眾。圓滿成功。

二〇一八年　《中國詩歌經典2018年》（經銷：全國新華書店），
　　　　　　收入和權的詩3首〈獨弦琴〉、〈西楚霸王〉、〈舉
　　　　　　杯邀明月〉。附詩人簡歷及觀點。

二〇一八年　和權情詩八首〈藍色月光石〉、〈拭淚〉、〈星光藍
　　　　　　寶石〉等，選入台灣《這一代的文學──每日一星佳
　　　　　　作選集》。

二〇一八年　和權情詩十二首〈雨中漫舞〉、〈漂泊者返家了〉等，
　　　　　　選入台灣《這一代的文學──每日一星佳作選集》。

二〇一八年　《中國情詩精選》第0358期刊發、朗誦和權的詩十首，
　　　　　　同時刊發於廣東《觸電新聞》（面對大海朗讀），一萬
　　　　　　八千人閱讀。

二〇一九年　台灣《魚跳：2018臉書截句選300首》，選入和權的詩
　　　　　　四詩：〈月兒彎彎〉、〈養在詩中〉、〈泡影說法〉、
　　　　　　〈火柴〉。

二〇一九年　和權詩七首〈中國神韻之風製作〉，點擊率過六萬。

二〇一九年　中國實力詩人《中國詩人總社檔案》2019（Chinese
　　　　　　Power Poet Archive 2019），收入和權的詩〈讀你〉、
　　　　　　〈願〉。排在前百名之內第44號。（安排於全國新華
　　　　　　書店出售）

二〇一九年　中國《華語詩壇》刊發〈陳和權專輯〉。閱讀量：
　　　　　　4.9萬。

讀詩人123　PG2190

 巴山夜雨‧讓回憶有了聲音
　　　——和權詩集

作　　者　　和　權
責任編輯　　林昕平
圖文排版　　林宛榆
封面設計　　蔡瑋筠

出版策劃　　釀出版
製作發行　　秀威資訊科技股份有限公司
　　　　　　114 台北市內湖區瑞光路76巷65號1樓
　　　　　　電話：+886-2-2796-3638　傳真：+886-2-2796-1377
　　　　　　服務信箱：service@showwe.com.tw
　　　　　　http://www.showwe.com.tw
郵政劃撥　　19563868　戶名：秀威資訊科技股份有限公司
展售門市　　國家書店【松江門市】
　　　　　　104 台北市中山區松江路209號1樓
　　　　　　電話：+886-2-2518-0207　傳真：+886-2-2518-0778
網路訂購　　秀威網路書店：https://store.showwe.tw
　　　　　　國家網路書店：https://www.govbooks.com.tw
法律顧問　　毛國樑　律師
總 經 銷　　聯合發行股份有限公司
　　　　　　231新北市新店區寶橋路235巷6弄6號4F
　　　　　　電話：+886-2-2917-8022　傳真：+886-2-2915-6275

出版日期　　2019年10月　BOD一版
定　　價　　270元

Printed in Taiwan

國家圖書館出版品預行編目

巴山夜雨‧讓回憶有了聲音：和權詩集 / 和權著.
-- 一版. -- 臺北市：釀出版, 2019.10
　　面；　公分
　BOD版
　ISBN 978-986-445-346-7(平裝)

868.651　　　　　　　　　　　108011058

讀 者 回 函 卡

感謝您購買本書，為提升服務品質，請填妥以下資料，將讀者回函卡直接寄回或傳真本公司，收到您的寶貴意見後，我們會收藏記錄及檢討，謝謝！
如您需要了解本公司最新出版書目、購書優惠或企劃活動，歡迎您上網查詢或下載相關資料：http:// www.showwe.com.tw

您購買的書名：＿＿＿＿＿＿＿＿＿＿＿＿＿＿＿＿＿＿＿＿＿＿

出生日期：＿＿＿＿＿年＿＿＿＿＿月＿＿＿＿＿日

學歷：□高中 (含) 以下　　□大專　　□研究所 (含) 以上

職業：□製造業　□金融業　□資訊業　□軍警　□傳播業　□自由業
　　　□服務業　□公務員　□教職　　□學生　□家管　　□其它＿＿＿

購書地點：□網路書店　□實體書店　□書展　□郵購　□贈閱　□其他

您從何得知本書的消息？

　□網路書店　□實體書店　□網路搜尋　□電子報　□書訊　□雜誌
　□傳播媒體　□親友推薦　□網站推薦　□部落格　□其他＿＿＿＿＿＿

您對本書的評價：(請填代號　1.非常滿意　2.滿意　3.尚可　4.再改進)

　封面設計＿＿　版面編排＿＿　內容＿＿　文／譯筆＿＿　價格＿＿

讀完書後您覺得：

　□很有收穫　□有收穫　□收穫不多　□沒收穫

對我們的建議：＿＿＿＿＿＿＿＿＿＿＿＿＿＿＿＿＿＿＿＿＿＿

＿＿＿＿＿＿＿＿＿＿＿＿＿＿＿＿＿＿＿＿＿＿＿＿＿＿＿＿＿＿

＿＿＿＿＿＿＿＿＿＿＿＿＿＿＿＿＿＿＿＿＿＿＿＿＿＿＿＿＿＿

＿＿＿＿＿＿＿＿＿＿＿＿＿＿＿＿＿＿＿＿＿＿＿＿＿＿＿＿＿＿

11466
台北市內湖區瑞光路 76 巷 65 號 1 樓

秀威資訊科技股份有限公司　　　收

BOD 數位出版事業部

....

（請沿線對折寄回，謝謝！）

姓　　名：＿＿＿＿＿＿＿＿＿　年齡：＿＿＿＿　性別：□女　□男

郵遞區號：□□□□□

地　　址：＿＿＿＿＿＿＿＿＿＿＿＿＿＿＿＿＿＿＿＿

聯絡電話：(日) ＿＿＿＿＿＿＿＿＿　(夜) ＿＿＿＿＿＿＿＿＿

E-mail：＿＿＿＿＿＿＿＿＿＿＿＿＿＿＿＿＿＿＿＿